es 1693
edition suhrkamp
Neue Folge Band 693

Das erste Buch des jungen Ostberliner Schriftstellers und Grafikers Johannes Jansen im Suhrkamp Verlag arbeitet mit dem Bild vom *Reisswolf*: Sprache »landet gestümmelt im eimer neben der fragmentmaschine«.

In unverwechselbarer literarisch-bildnerischer »Handschrift«, in der die Worte zu Zeichen werden, reagieren die Schrift-Bild-Figuren des Johannes Jansen auf das »fremdgehege der gegenwart«. Johannes Jansens »verhext gehexelte texturen« spiegeln fragmentierte Sprach-Wirklichkeiten: »entweder Sie bedienen sich dieser sprache in ihrer konstruierten verformung oder Sie bleiben ein stummes opfer der zusammenhänge.« »Jansen spielt, wo andere leiden, er balanciert, wo andere stürzen. Er verkörpert eine Lust am Stil... undeutsch, kein zutiefst mit Seelenkäse. Kein vom ganzen Herzen. Seine Landschaften sind schillernde Panoramen auf Seifenblasen, die zerplatzen wie Träume der toten Dichter.« *(Freitag)*

Johannes Jansen, geboren 1966 in Ostberlin, wuchs in Freiberg, Leipzig und Pankow auf, absolvierte eine Lehre als Graveur und studierte Gebrauchsgrafik. Johannes Jansen lebt in Ostberlin und gehörte als einer der jüngsten Vertreter zum Kreis der »nichtoffiziellen DDR-Literatur«. Er veröffentlichte in Zeitschriften sowie Grafik-Bücher im Eigenverlag. Von ihm erschienen u.a. *Prost Neuland* (1990) und *Schlackstoff. Materialversionen* (1991).

Foto: Susanne Schleyer

edition suhrkamp 1693
Neue Folge Band 693
Erste Auflage 1992

Erstausgabe

Satz: Hümmer, Waldbüttelbrunn
Druck: Nomos Verlagsgesellschaft, Baden-Baden
Umschlagentwurf: Willy Fleckhaus
Printed in Germany

1 2 3 4 5 6 – 97 96 95 94 93 92

(klappentext)

... voyeurismus und selbstverachtung: die infantile basis Ihrer träume und sehnsüchte. basteln Sie sich etwas zurecht so gut es geht zum beispiel: der erste flug der gebrüder wright und die erfindung der pille als soziale und sexuelle philosophie des schleudersitzes. wissenschaft und technologie nehmen in Ihrer welt einen immer breiteren raum ein. beide diktieren in zunehmendem maße die sprache in der Sie denken und sprechen. entweder Sie bedienen sich dieser sprache in ihrer konstruierten verformung oder Sie bleiben ein stummes opfer der zusammenhänge. Ihre konzepte von vergangenheit gegenwart und zukunft sind einem ständig erzwungenen wandel unterworfen. so wie die sozialen und psychologischen begriffe der vergangenheit im atomzeitalter krepierten hört auch die zukunft auf zu existieren da sie von der umfassenden gegenwart verdrängt wird. Sie haben die zukunft als eine von vielen Ihnen offenstehenden möglichkeiten in die gegenwart integriert. entscheidungsvarianten werden scheinbar vermehrt angeboten. die besonnenste methode sich mit Ihrer welt auseinanderzusetzen besteht in der annahme daß sie lediglich eine fiktion ist – oder: daß der letzte rest realität sich im innern Ihres kopfes befindet. informationsverschmutzung durch splitterbomben: die verwirrende klarheit einer literatur die die synthetischen rhythmen des alltags als textmaschine benutzt. der schriftsteller weiß nichts mehr. ein standpunkt ist ausgeschlossen. er bietet Ihnen den inhalt seines kopfes. er breitet eine anzahl von konstruierten möglichkeiten und eingebildeten alternativen die betrachtung der welt betreffend vor Ihnen aus. seine rolle ist die des ahnungslosen wissenschaftlers der sich mit einem unbekannten subjekt oder terrain konfrontiert sieht. er kann lediglich verschiedene hypothesen erstellen und sie mit den fakten abwägen: ein bündel verzweifelter wertmaßstäbe für krisensituationen. der versuch eine künstliche flutwelle wie sie als dauerzustand dem stadium der umgebung entspricht in eine mit abstand wahrnehmbare form zu bringen. eine gestückelte fläche zusammengesetzt aus systemlos ausgesonderten einsichts- und betrachtungsresten die das unbehagen einer übersättigung bezeichnen. was zählt ist der kontext in dem das vorhandene material steht und der dem charakter Ihrer umgebung entspricht. nehmen Sie diesen versuch als ein mißlungenes scheitern zum beispiel...

nach james graham ballard

REIßWOLF
(die scharfen verstaubten kanten einer zerschlagenen glasscheibe)
langeweile bedürftig und leidenschaftlich geschnitten
will einer gehen so sagen die zweiten: weiterwackerstein

Johannes Jansen
Reisswolf

Aufzeichnungen

Suhrkamp

wundbrand: wie immer also einen anfang zumachen
RASA
liebe als suche der hälfte nach dem entsprechenden halfter

unverwandt abseitig

...halte dich auf und was du
hast ist atem zu holen ...   h.

... wie immer also einen anfang hin machen dachte ich unter der leuchte mutierten falter zu fliegenden patrioten üppig trocken dauerwürsten deutlich ähnlich – anfänglich ausschaben meinte die amme – ofenfischträchtige weinschläuche sangen vereint mit hart- sowie ledernäkkigen erdfressern begleitet vom trampeln und pfeifen gesellschaftlicher kräfte im specklicht der sprelacatbetischten spelunke herumstehende menschen als größenvergleich ein schrecklich bier viel blut und ›volle kanne‹ rief ich unmäßig reglos mit leib gefüllt ›ein irrsinn nachts wenn magersucht störfrei empfängen frönt geht mir der magen durch‹ sprachs und kippte weg einem neuen gedeck den platz zu räumen – wie immer also einen anfang hin machen beckensüchtig ein jähes ende und ein dünner früher kot unter deutlichem schutt die kaum zu entziffernde schrift tagsdrauf fanden sie in der vorstadt die schwelenden reste eines nicht mehr zu identifizierenden körpers einem versehen gleich wand ich mich im verkehr einem wechselnden ziel zu entkommen zwischen ziemlich quietschenden damen und nageldrahtzähen vermöblern die für den nächsten abschaum ihre kanister auffüllten an den zapfsäulen im zentrum die umgebung schien tätig und schwieg die geschäfte gingen gut starrten vor verlustgier und geldnot unter hängenden gärten

SCHAMSCHADEN!
DELTA!
ach was.
becken- und fernsüchtig weltstur! ein dünner früher kot
(...) führst du mich ganz ein
kannst du mir umgang verbieten (...)
ein zweifelnder streit

und genen fernsüchtig weltstur und klein kariert ich stieg um unterquerte günstige kanalisationssysteme in einem durchgang fabrizierte ein magenkranker musizierer tunnelmusik pensionierter tanzkapellen halbwegs virtuos sämtliche parts solistisch zwar doch ineinander verschlungen lachhöhnend kreisch zu schmerzen in bergkesseln gelackte schnitzereien hinter den schritten der tatentäuscherinnen tobt dein tumor übersäuert dein sehnen stößt auf dünndreist und homogenisiert die völlerei im fummelfieber ich seh dich was an dir hängt raushalten im nachtwind fahr vorbei addiere unterschiede zu einer gegend die wohl romantisch als auch preiswert ist und so vereinzelt fliehts mich zu dir die nach mir kommend rumstehn krampffeucht zu hassen und nur verlassen kann ich zu dir sprechen in niemands ländern auf dreckbeworfnen türmen doch bist du nie so abgelegen wie du bist dich mir zu zeigen hab ich nur kalte oberflächen im gespött parat und zeit als spaß ein spiel mit begegnung nach etlichen verhältnissen das hilflose interesse an veränderung und in mir reichlich ruhe genug um nicht verschoben abbewegt zu werden ins allgemein vorhandene gericht so hock ich ausseits aberwärts und als konzept den tatendrang allein und/oder auch in ödsinnige textlichkeiten schraub ich mich hinein brings raus eine wutspur in flocken die das weswegen nicht kennt und so es zu benennen unmöglich ihren zustand beschreibt den scheußlichen rhythmus des textes der erst endet sollte ich meinen gibs auf also fließt eher stückweise stottert mit dem seit den steinzeichen schleichenden tod der tätigkeit die ich bediene und -nutze wenn ich mir wie üblich die zeit nehm das eigene so zu verkorksen

mit dem was ich mir mache
zu meiden narren sicher in betrach
dieser bestimmten stadtfrau(...)

daß es mich weiter zerkrümelt während du die private höhlung voll krustigem bettzeug und küchenbordstaubschlamm pünktlich zerknittert verläßt ins allgemeine zu flüchten da dinge zu tun für die kaufkraft dir einfacher scheint als die wohnung zu lüften zieht sichs am schwanz aus dem subground ins übel ein lebens- und bergwerk im argen des nachts wühlsüchtig verschüttet von schlecht verdaubaren schnipseln aus sahneschaum bildkram im hochglanz wellfleisch und -pappe gut haftend seit meine gebilde mich an ähnlichkeit mit mir übertreffen spreche ich nur mit dem was ich mir mache von andern ohne entfernung zu meiden narrensicher in betrachtung zum beispiel dieser bestimmten stadtfrau unterschiedlich behaart in verschiedenen variationen scharf geränderte stechaugen dunkeldünn umwimpert beinharte nase schmal getönte lippen blaß unter dauerndem graulicht eng bekleidet und schwarz der mittelfinger frontal vorm gegenüber mitleid heischend und hart im tritt so kreuzt sie ständig meine linien nicht jede siebte lieb ich nur sie mit abstand ein schnittbild folglos verschweint und spannend ein märchenfilm nach vorne offen ersetzt beobachtung berührung von mir aus der gestellte blick den titelbildern zu genügen hauptsache hintergrund das eine ein übliches übel welches mir zufällt was zählt ist ein endlos zu ahnendes vorspiel in luftruinen üppige wolkenwichse fällt aus schlägt nieder und bricht am stein auf den straßen flüchtig befeuchteter staub der nach platzwunden duftet unter raschem regen ROSA der sommer wird eine hölle aus wolkenbruch schmorfleisch und oeligem schlamm dampfende dächer herbstlich asozial und unruhig dann aufstand dann fackelt wieder keiner

den schnappmösen zu gefallen aufrecht ins getümmel
ersetztbeobachtu
ngberührungv
onmirausder
gestellteblick
dentitelbilde
rnzugenüge
nhauptsache
hintergrund
daseinee
inübliches
übelwelc
hesmit
zufällite
wowollenwirb
leibenderfels
istzuwaldeg
uddastro
cknezutr
ankdasnas
sieaberzusp
eisewilleiner
wohnensosei
esantreppen
undwoeinhäusle
inhinabhängtam
wasserhalte
dichaufundwas
duhastistatemzuhören

und später brandschatz marschblock und zuckfuß die kanne hoch wir reihern fast erschossen todmüde ahnungsarm hängt meins am kreisel peitscht jammerläppisch lack vom drehding die wahl war wacker heißts nun jedem seine krise im kopfsalat verschönte schrauben fragwürdig und anal hinter der existenzgründung mit ausdrücklich eingebildetem perfektionszwang lechzen die nervenbündel unfähig sich wegzuhängen oder der rasenden langeweile zu entledigen bulimische schönheiten über bad und clo säuisch allein in jener gesellschaft die sie von außen benötigt als verbrauchsuggerierendes abbild da sie selbst nur als plakat existiert das den passanten wirklichkeit einbildet und wird da ich denke sie ist es ein verzweifelter kreislauf der die innere sicherheit garantiert anscheinend ein einziger weg der wild wuchs mit trollblumen tollkirschen säureversetzten blaubrunnen aus der ferne gesehen vollständigen menschen und heißen bräuten die von innen betrachtet körperlos schleim fressen gleichgültig verschroben und rettungsloser als jeder krüppel der die straße kreuzt auf sichtbaren krücken seit ich also das eben beschriebne gefilde tagsüber betrete seh ich mich nachts von aufgedunsen geplatzten konsumenten umgeben verkantet klar im traum was du nicht auflebst frißt dich weg wachwirklich hemmt es arbeitet den abgang aus den kellern beschäftigt zorn speisend krampf zu schlucken ein unverdautes potential zukunft bewahrender allüren anziehen und ausmachen ins spätwerk schlachten zu verbummeln magenschwörend durch deformierte leuchtinformationen und kneipenkummer zugeschoben von stonewashedblutend schweren affen zu fortgeschrittner stunde schwan-

machtdochder
wegdichund
nichtdudenwe
gder meinehautist
heiztdieentzü ndungdeiner sohlen meinewoh
nungichlaufgitter in deinenfüssen der schlamm
meinausfluss deinelähmung vorwärts voran

kend waren die mich umgebenden wesen aufs wesentliche beschränkte gerüste die sich meinen vorstellungen entsprechend verhielten wie abbildende bilder ich nahm mich nicht aus da die beobachtung auch nur ein bild war das funktionierte meiner verklemmtheit wegen was ich deutlich wußte und zugab in diesem moment lachte über das schöne durchsichtige ställchen über mein lachen darüber lachte daß alles so lahm war wies geschrieben stand und spannend nur schien was die lähmung patzig verputzte und weitsichtig abfiel wie jetzt das gelände das ich von der bar aus ins blickfeld bekam ein kleiner raum eine brücke im zentrum auf der sich bewegte und tat was vom ende an eine welt war gewachsene abhängigkeiten und ihre nutzung als labsal und notdurft für nächste ein überschaubares schlammwerk das funktionierte wie streit tod oder krankheit was sich mir bot war biologisch verkracht ein harmonisches paar unter neonketten im treibhaus mit dauerzwist vor lieb zu nehmen wird so viel wind gemacht um zweisamkeit idyllisch die scheidung zu beschreien wieso bist du verschlüsselt dame wir denken doch nicht über uns was wir uns unterstellen daß wirs täten und sind die verteilten rollen verkehrt lösts die beziehungsbescheißung ebensowenig führst du mich ganz ein kannst du mir umgang verbieten doch so sind stursinn und schlaf beidseitig ist lüge für dich wenn ich schweige mein kurzschluß dein haß doch zeig mir das wesen das eingeht in andre wie freßkram die fremdheiten einsieht und billigt zeig mir wer ändert sich außer im starrkrampf nicht mal ein volk packt weswegen wir uns begeifern im liebesnest nett aufeinander ist schwachsinn zusammenraufen eine schleimige hoffnung verlassen übliche blödheit die langweilt hinter den fratzen die wir uns machen wacht ständig ein zweifelnder streit schamschaden dackelt in demut durch geschichtsbild und reflektor rührig am schlaf der welt haarscharf vorbei wortlos im schlummerdröhnen heißt meine ehre reue meine meinung dieses chamäleon kriecht dauerlutschend in wüster klippengegend und rauhem nahverkehr trunk- und auch anderweitig suchtbefallne lang ausgestreckt auf dem beton die köpfe unter krustdefekten jacken so klar daß ich schon immer mal nichts ausgefallnes finden muß an verstümmelt herumliegenden körpern in den schächten der umsteigehöfe bevors los geht und drauf denk nach suppt blut aus spröden stoffen ein träges rinnsal in den übergängen versehrt ist alles und etwas durcheinander von innen ein kinderbergwerk der kulturbesitz und was ich hab ist atem holen immerhin und ohnmacht genüßlich statement deine deutung ist nicht mehr anfang dich zu überwinden sondern aus dir als gegenwart ein wenig kapital zu schlagen im siegesrauch geschichtsträchtiger krümligkeiten mich zu mopsen oder das auf und ab der sprühschrift zu verstümmeln wühl ich nach willkür sie als schlußstrich zu benutzen doch stammelts weiter auch ohne zutun meiner klaue was war denn nur unter der leuchte im specklicht der spelunke hat sichs hingemacht ganz kurz vorm morgengrau des ersten tages nach der schlangenschlacht wie wird es wiederkommen…

text: die steigende sucht im gestell/ schluckweise zögernd/ ein synonym für verzeihung/ schlachtabends steigt es/ gleichgültig graulend/ in die gläser zurück/ der gezüchtete jähzorn gequollen/ die gusche spuckt besen/ im schreistall/ zuckt unterm gleisbett/ die zottenschwänzige gruft// die sag- und klaglose zeit ergeht sich in wiederholung (...)

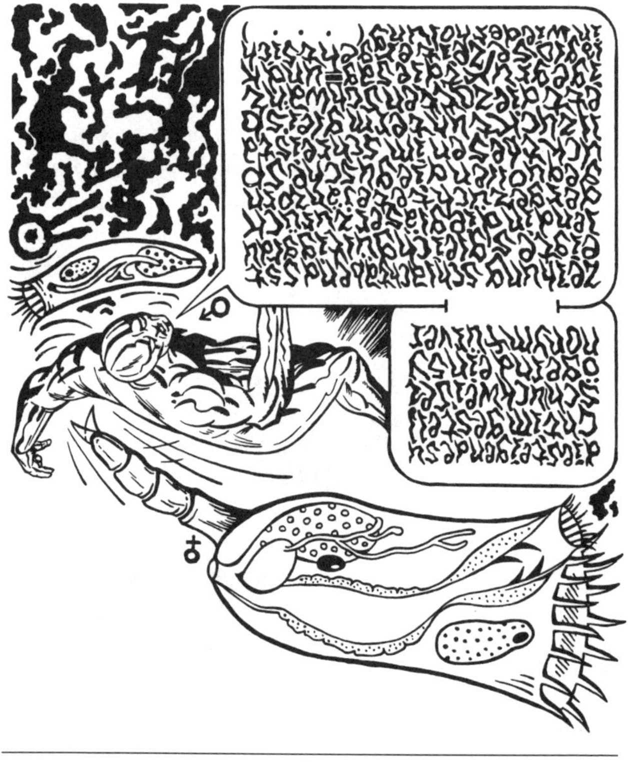

ich bin unterwegs in der schlacht die eine fläche ist: ein häufig wellenartiges motiv: das gefühl inmitten einer großangelegten blutigen auseinandersetzung ohne sie bildlich wahrzunehmen in unbestimmbarer körperhaltung auf der hochebene im windschatten dieser endgültigen entscheidung abzutreten aus dem traum raus ins

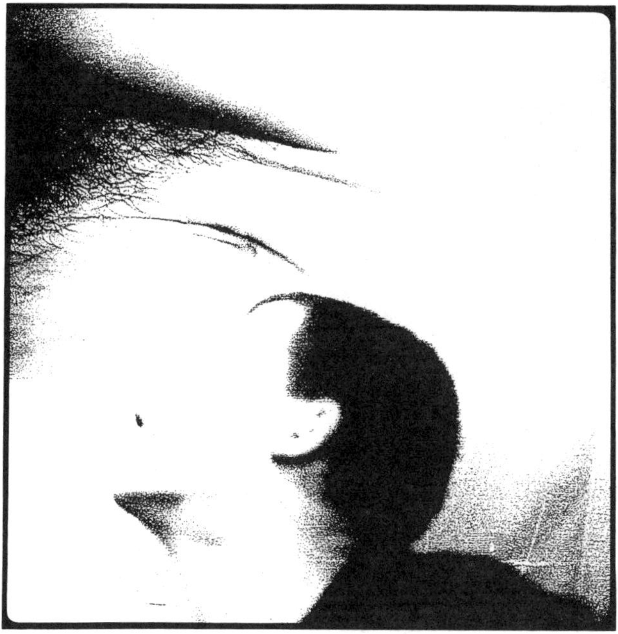

schaumhaus: der wunsch wegzusteigen dieses wiederholt einfältige opfer krebst breit wie selten in die honigfalle: etwas ist zusammengebrochen die landschaften zeigen es ja: sie schieben sich ineinander vom gefährt aus (meiner rasenden toleranz): was da den sinn macht ist fraglich den schritt zu bewerten stinkt an: also lackierter

liebling maulaffengeil stoß ich dich von hinten ins nährmittelgehege so bist du nicht allein (wer will denn da meinen sexismus kritisieren) und zwischen uns sind farbige flächen die sich bewegen: im überfliegen begreif ich daß ein eindeutig grobes raster über dingen und taten eine egalität bedeutet die sich hinter den differenzen ver-

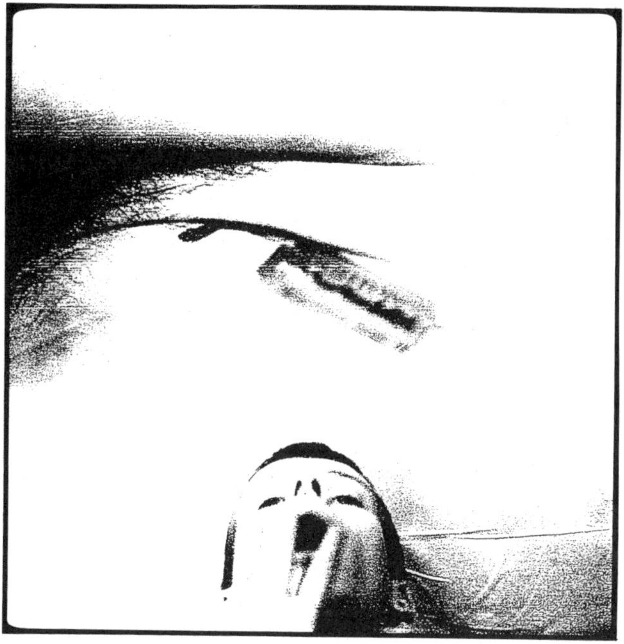

birgt: so schlepp ich meinen manierismus durch die gegend: nicht arbeitswut als werkbegriff: bewegungszwang schlechthin: die dosis fahrig dumpf unterm verminten holzweg: was medizin nicht heilt heilt eisen: vasall voran: was eisen nicht... heilt feuer... dann: (...)

text: im abseits/ mich zu besinnen/ vor verschlossener tür / am liebsten/ genesung/ hinter dem wandschirm/ probieren geräuschmacher alltag/ mediengerede/ gekreisch/ klappert/ ein stürzender topf/ im kindsbett/ voll fremdzeug der wandler/ wasser strähnt/ den verstohlenen strauch/ stumm steht/ im verputzten geviert/ der verwandelte/ feuchtsch-were garten/ außen vor/ unter fieber/ verdrängender dosis/ den niederschlag/ als tätigkeit/ allein/ zaghaft/ mit kaum mehr/ als kaum was/ in mir/ klein/ still/ und benommen

nach und nach

reisswolf d. i. doch auch sone kiste: das betextete brothaltige papier (wies auftritt/ stets vergangenheit/ gemäßigt protestierend) kommt aus ihr (der kiste nämlich) in schmalen streifen. jedweder halbwegs hilflos formulierte zusammenhang landet gestümmelt im eimer neben der fragmentmaschine die (so wolln es essayisten wissen) das naive talent des autors ist verschroben scharf wie das verstaubte glas rückseitig lesbar. durch die in streifen produzierten texttoten teile (dem abfall zeitweise entkommen) hindert sich (die kiste eifrig bedienend einer wohl oder übel bornierten umwelt wegen) der fade schriftler vom einsturz bedrohte gebäude zu entwickeln wies üblich unter aller sau in diesen breiten im schlagrahm üppig röchelnd (der einst schon festgestellt). jedoch zurück zum schauplatz: mittels der verhext gehexelten texturen hofft schreiberlein (nicht dumm doch tapfer der satzung seines stammesstalls genügend) ein gegnerisches abbild zu beschwören das (kommt es an den mann ran) zeigt was wohl zu zeigen nötig scheint sich selber zeigt in der zusammensetzung oder form wies uns begegnet und was an freiheit bleibt (tätlich und grundgerecht) die wahl ist zwischen fraß und programmiertem leinenzwang für mägen. des ewigen begreifens

überdrüssig ahnt er was dieses tüfteln einbringt im allerhöchsten fall ausreicht die ummontierten streifen druckzulegen oder an langeweile zu verfüttern: so weit zum vorgang brechreiz. mich äffte das tun: da waren teile verstaubter bruchstücke von text die sich zu den neuen krämpfen gesellen sollten nix unversucht zu lassen im schlepptau der zeitbezüge. die häufig erscheinenden immer anders benannten ähnlichkeiten mit gewisser jedesmal unbestimmter vergangenheit traten deutlich hervor und der riß den sie durch ihren ausfallschritt verursachten war füllbar mit alten formulierungen dachte ich brach und baute: ZU VIEL HEMMUNG/ AUFGESCHÜTTET/ ZU VIEL GESCHREI/ UNTEN –/ (...)/ WER MAG DAS HÖREN/ WER MAG DAS/ OBERHAUPT/ ÜBERHAUPT/ HÖREN/ WER MAG DAS/ ÜBERHAUPT/ HÖHEREN ORTES/ HÖREN/ WO JEDER WEISS:/ WAS GESCHRIEBEN STEHT – STIMMT REALISTISCH/ AUF ANHIEB UND UMSTURZ: gegenwärtig bewegte ich mich in überdimensionierten glashäusern saß fest im raum zwischen dem oben und unten der scheiben von fern besehen sicher einem präparat für mikroskope ähnlich und während des mühseligen versuchs mich langsam als krümel begreifend das aus meiner perspektive als krümel erscheinende material zu verwenden erschlug mich in einem langwierigen vorgang der ausblick in behimmelte ebenen und geflieste kunstschluchten: – ICH HÖRE/ sprechen sie sich aus/ – *FREIHEIT MEINEN UNKEN/* (gut gedacht – kopf)/ *FREIHEIT DER ZERSCHEIDUNG/*

(gut entschieden – schaden)/ *FREIHEIT DER STANDMIETE*/ (bitte – sehr)/ – WER MAG DAS HÖREN/ (sprechen – außer sich)/ ich höre weiter/ (stille)/ ICH HÖRE WEITER/ (stille)/ ICH KANN SIE NICHT VERSTEHEN/ (bitte – sehr)/ eine antwort (?)/ (STILLE): in den vielfachen spiegelungen dieses praktischen luftpalastes (einem mörderisch zivilen auswuchs der reisesucht) verließ mich das vertrauen in die vergangen formulierten teile die ich (unterwegs wie selten) zu benutzen suchte sie nicht verkommen zu lassen: weniger also mit der krampfigen vorstellung etwas neues daraus herstellend das werk abzufüllen stieg ich auf und überflog im kreischenden abendspot die ungenügend verhangene länderplatte die mir von unten deutlich zu verstehen gab daß sie zu den ordentlichen gehörte: minimalistisch geometrische fleckchen geschuppt oder gesprenkelt (ganz wie sie wolln) und von einer dementsprechenden unwichtigkeit die (so wurde es mir gegenüber ständig betont) durch meinen blickwinkel bestimmt war nicht durch die tatsachen. ich ein bürger zweiter klasse für etliche jahre erhob mich also unter dem rest und über all dem himmelszunder einer zu erwartenden glätte (hinter der etwas am schwelen war und auf die sich einzustellen mir dringend angeraten wurde) vergaß ich wie häufig die mittlerweile vertrauensunwürdigen teile die ihrer haltlosen verwendung harrten und fiel mir das vergessen ein zog ich es vor mich in der konstruierten höflichkeit zu ergehen welche den ganzen la-

den unterhielt mir also umgebung war da ich für sie gelöhnt hatte: und in dieser art konsumierbarer hermetisierung auf der flauschigen fläche im frühen nachtlicht verschenkte ich nur noch vertrauen an jene fragwürdig verschraubte sprache die eventuell zu beschreibenden kleinlichkeiten zu überhöhen: synthetisch wie sie sich sahen: und jeder schlichte satz flog in hohem bogen hinter die glätte. die inhalte schleppten sich beliebig dahin wie was mein kopf wälzte und zu sich nahm auf einem weg durch die gegend. ich hatte etwas übrig für geschönten schund: in der küche zwei kippen mit einem rudiment lippenlack am oberen ende – und in diesem moment dachte ich an jene frau besser an mein bild von ihr und obwohl ich ahnte daß kaum jemand dem unkontrollierten fortgang des textes folgen könne hatte ich das gewisse gefühl mich auf ihren mund konzentrieren zu müssen dem eine klebrig leuchtende kirschfarbe dunkel auflag: eine bemalung von der man ihr unterstellen konnte sich ihrer bedienend in erinnerungen einzuschleichen um dort gut haftend zu verharren: an diesem tag also kirschen (saure vermutlich). öffnete sie die tür erkannte wer da kam und warum wohl wich sie zurück mit dem rücken die wand stützend schien es und sah von unten herauf: – schön. mit einem trotzigen fußtritt bestand sie auf der jeweils vorhandenen jahreszeit. stets kam er sich krumm vor und durchschaut stieß er zu ihr und doch wurde der treffer im blick wiederholung da er seine enttarnung genoß: begriff er sein dasein als kreislauf ihres als kugel und spielte sich in komplizierte geschichten hinein die dem zeitvertreib dienten gleich dem oben zu erkennenden erfahrungserschreiben: so habe ich dich in sichtweite deutlich ohne das du bist die ich seh denk ich du treibst es mit hunden im grenzland mit metallicbehosten gebrechern kämst du zu mir könnt ich dir joghurt bieten als vorspiel edle kulturen horizontal wie venedig im kompost nicht nur dein mundlack interessiert mich auch dein neulich erschienener nabel zwischen hosenbund und bluse vorm tor der tagesstätte zur teezeit: ... mitten im tiefsten sehnen stieß ihm übel auf was ich bereits zu wissen mir unterstellte: es war nicht die frau um die es ging sondern sein unvermögen mit sich etwas anzufangen das eine richtung suchte samt ziel in sanftmut zu versinken um handlungsarm die qual am eignen etwas zu versüßen und festzustellen wie bin ich doch allein: der raum war dunkel wie früher. sie spielte mit sich. er vernahm ihre leisen geräusche die sich zunehmend von der dunkelheit abhoben ein schlingendes licht. langsam und gellend wuchs in seinem kopf was sie tat zu einer fremdheit die bekannt war in der beschreibung als tatsache aber untragbar schien was er in sich aufsteigen sah in form von dampfender kälte. was war das es da trieb. es krampfte ihn fest an der äußersten kante. der fressende reiz einer ohnmacht aus scham stolz und angst. es erinnerte ihn an eine ahnung. während die geräusche schallend lachten in seinem körper wich er aus hielt sich an tischbein und decke versuchte seinen kreislauf auf den kopf zu beschränken sich zu konzentrieren auf eine mögliche erklärung für sein verhalten. plötzlich raste der schädel zwischen den ohren stürzendes wasser. der raum

wich ihm aus. eine weite trat an seine stelle. die frau in großer entfernung ein fremdartiger sturm. seine arme ragten in ihre richtung seine hände stießen die arme zurück. unfassbar klein war er nicht mal ein kind. die gefahr sich selbst zu verschlucken rieb ihn auf rannte ihn weg von ecke zu ecke und raus auf das feuchte linoleum im clo: der himmel war weiblich die erde er wollte ein stein sein eine stadt im loch ein versteck voller getier und entzündeter zungen einen kalten kuß im genick gab er auf zu glauben es wäre ein grund da für gemeinschaft ein grund zueinander zu kommen mit der ständigen hoffnung es würde sich finden was tun wir so wenn jeder bei sich weiß daß nur das einzelbild zählt wer will schon den andern bedienen wer kommt in mir zum verstehen der erschlagene erigierte im moment da ihn der schlag traf wir kriegen euch steht auf dem bett ein weißes schwein bricht aus einem viehhof und rennt in den pünktlichen fernzug das kostet fleisch ein gegenüber taugt tot nur mein einziger halt so kann ich was mich verklemmt aus mir zum abbild basteln mein schrecknis dir in die visage setzen und sehen als außerhalben schein leimts mir den selbstwert wieder wie von selbst üblich und unfähig zu schmerzen wird nach ertragener gewalt ein leiden weiterdelegiert hinaus nach unten ich will das nicht in mir sauber bin ich kein quäler – klar – quälst du dich dennoch (was passiert) gießt haß benzin in die verachtung arg verlogen um meine angst mir könnte was abhanden kommen in überlegenheit zu kasernieren so ist was uns bleibt eine schlammschlacht an täglichen wunden reich dem fortgang zu genügen denk ich das ist natur wohl und was mich runterholt synthetisch später allein kühl reduziert gehts wieder nur ums tage töten. ein gehöft in der gegend betreten und alles gewesene süchtig sehen in jener stunde zwischen nacht und tag nicht fisch nicht fleisch. blau wie ein veilchen die beleuchtung. das räu-

die winterliche
erinnerung:
durch
nachtwache
halten
die gegeben heiten:
schaffsoderschluss
die mitte wiedermal
ich
nordlicht (negativ)
im schnee
fremdekreise
leben lichtwil
stets in die
zukunft verlegen
an
jedem
halm
der wunsch aus zustei gen (einbekannt lich einfalti gesopfer)
wird verharrt der verwendungwegen
esmachtkaum sinneinefortführung zu planen
da
aberaufgeben ist spät (verzichten scheint (inzwischen) unmöglich
zwischen liegt
daszugrundegehen
(eintauchvorgang
nichtohnegenuss)
entziehungserscheinung
durchhalteparolen
verziffern
verziffern
verziffe
reisswolf
männerwahn
ein fortlaufender text durch den zu leben ich mit erschreibe

dige rauschen der nahen stadt eine bandschleife aus zügen weckern und wartehallen auf einem alten gerät mit auslaufenden batterien. zu dieser zeit zieht brust den magen aus der grube. ich sitze im feldbett aufrecht und trinke mir logik an die entziehung erinnert: die teile tönen: man gliedert sich und folgendes passiert:

(nachtwache)

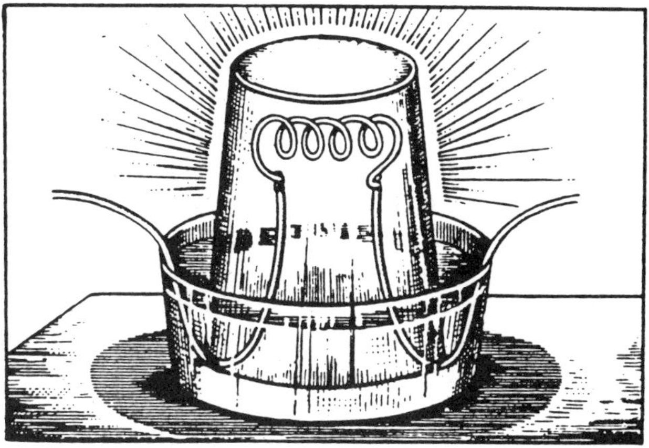

die mich prägenden gegebenheiten stehn hinter der erinnerung: so nachts hermetisch von unterkühlung eingenommen am knatternden elektrozaun ein festgefahrner weg kaum richtung zum begehen/ *die steine feinden/* haltlos vom spieltrieb der kulissenkrieger kann man den gegner keuchen hören: schaffs oder schluß. der leicht lädierte mond frißt deine luftration verdunstet im atemlosen nachvollzug und lotterleben. so wie sich gegenseiten gleichen sich zwischentöne. schaffs oder schluß spie der moment an zukunft denkend war der moment ein harter vater seinem sohn der ihn als augenblick begriff. schaffs oder schluß mit originell brillanten formulierungen mich gegenseitig zu erschöpfen. schaffs oder schluß die krücke zum glück/ schwarz oder weiß die lüge ein gütiges gift im begrüßungsgetränk des gefängnisdirektors: die sehnsucht nach einer greifbaren gefangenschaft: als alles noch dicht war und deutlich: wer wird das je wieder los: den tunnelblick den kreisverkehr die winterschlacht und unsre beute rheuma – genosse stammheim meine heimstatt gliedert sich in deine gelassne gegend ein wo haltungsgrenzen keine wände sind sondern die unbezwingbarkeit der fläche. im multitrakt von einsamkeit eiskalt verlassen die nerven blank steht rum *was fraglich ist wofür* was zagt auf eitel harmonie und häscher hofft – so ich von guter unterhaltung suchtbesessen nach jedem halm abgelenkt der verwendung wegen von einem feschen loch: wenn doch kaum ständig wer käme mich wegzuholen in einen rumtopf zum beispiel unter einem großen hut einzusitzen mit dickhäuterinnen hoch sensibel und infiziert die mich nächtens mit ihren fehlern belegen sich weiter unten freizuschneiden von meinem blick splittergruppen und ungeheuer ähnlich riechende schicksalshaufen hinterlassend (es ist das fleisch was an der scheiße stinkt): ich bin kein abenteuer. mein leben aufmerksam perspektivlos betrachtet mich in dem ich es bezeichne. ›no future‹ als dimension die ohne fluchtpunkt die sinne säumt: durchaus ein vorteil: ein grenzendes flachland die neue räumlichkeit ohne den mit abstand sich verjüngenden tatbestand unterwegs zu sein auf einem förderband. die höhen demoliert verzweiflungslüstern einem gefühl wie entwurzelung zu frönen. die zunehmende egalität der entfernung löst das dir-nah-stehn auf in die gleichgültigkeit eines nebeneinander-vorbei: einsame zeilen die dem starrkrampf der einsichten harren.

(winterschlacht)

(...) die bewegungen fanden außerhalb statt. mein kopf hatte sich gewendet die verdrehten orte zu betrachten. in ermangelung eines themas zogen die realitäten vorbei: kolonnen im schneeschaum erfrorene panzerwagen unter einem katastrophalen klima war die schlacht zusammengebrochen das dazugehörige haus halb unfertig unter den kühlen massen eingebrochen. der sumpf fraß den blitzkrieg. jeder nahm sich vom leben allein was er brauchen wollte. die teilung war überwunden bäuchlings das dasein bequem. rollen wurden verteilt und gefressen. feldstecher und spatenblätter angesackt. ab gings auf minderwertigen maulaffen und vormals gemeinsam gestohlenen pferden endlich ein eigenes fleckchen trocken zu legen so zwischen schwarz- und eismeer in den ehemaligen gebieten. hinzu kamen diverse mollige kommandeusen erhobenen busens die geschäftigkeit in die einzig wahrhaftigen bahnen zu renken. ›erst klassenkeile dann weltenschelte‹ maulten die nun doch noch siegreichen mannen unterm

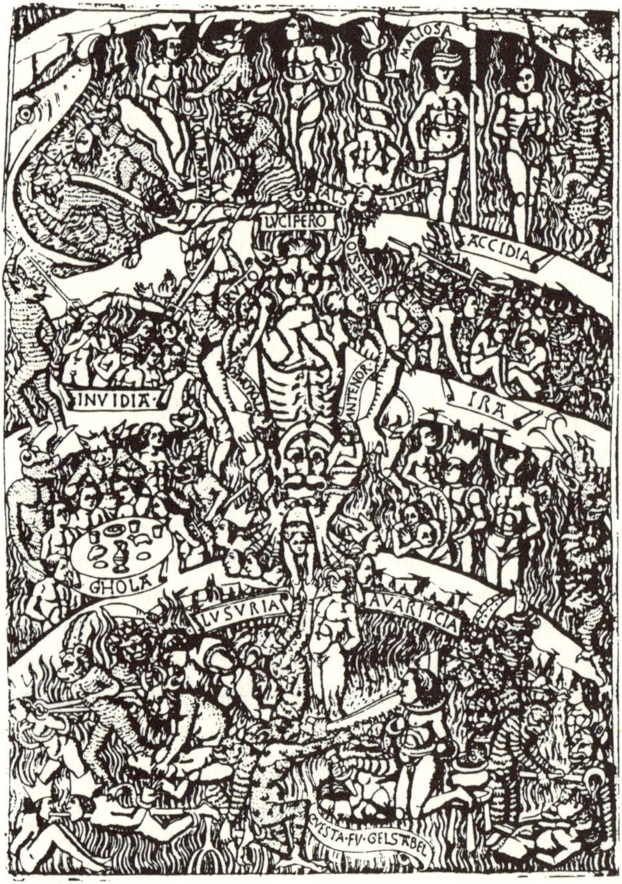

märkischen sand. schließlich waren sie im regen zur taufe erschienen. sieggeil und räudig nun in dem glauben wie immer was zu bedeuten ließen sie sich wiederum gleichschalten schlangenweise an den ständen mit zum beispiel ausländischen ananassen. *nur die so sind wie sie eh enden geraten dem verkommen zu begegnen in die erste bahn.* andere wieder setzten sich heimatschüsse auf dem verschneiten sportplatz im schutze der flakbatterie. diskret abgeschreckte hektik betrat den plan obwohl ich sah daß genügend zeit war zum zeugen und sie mir geben ließ von den eben genannten jenen weg in mir auszugraben den die zerrüttete klarheit verschüttet hatte haut und haar anzusetzen auf einen zustand der kindheit den es zu merken galt (so das kohlenklaun winters mit einer dünnen alten frau die mir verwandt sein mußte hinter dem bahnhof einer kleinstadt im süden. während ich mit dem obstmesser spielte lud sie was der bagger verlor in den karren eine kiste auf rädern die ich ins heim zog ihre ration zu vergrößern die kaum reichte trotz des waffenstillstands mehr als zwei jahrzehnte zuvor unterzeichnet): die gesichter der kargen umgebung denen ich zugetan war und mich spiegeln konnte in ihrem gehälfteten dunkel kaum auszukommen ohne etwas größeres als mich: zum beispiel das kampffeld vor moskau möglicherweise am wounded knee gelegen im von gefrorenem wasser leicht befallenen hof auf dem die veränderte weltlage kommentiert wurde: die wandernden gleichgewichte: der langsam heraufziehende heilige krieg einer sündhaften askese: ein ajatollah vor wien und wir beim genießen günstig verbilligter erfrischungsflüssigkeiten auf der terrasse des untersetzten hotels vor den kommunikationsgeräten: wann schießt der norden zurück und womit wohl. hieß es nicht ›grönland laß die eisberge sprechen‹. doch die sonne schön wie nie schien den südländern zugetan schmolz die halb gefrorenen hügel den voranrückenden flotten der gläubigen platz zu machen. treibgas heizte die stimmung an damals von mir aus kurz hinter island. berlin unter allahs last in den spreesumpf gesunken smokte im freudenfieber der fatah vielleicht. (zum wiederholten male) *ach asien komm:* warum nicht mal was andres glauben. überall tobten wir wieder: auf die ödsinnig nötigsten reflexe beschränkte kleinstkinder. was einflüsse und richtungen betraf ging es drunter und drüber. abends an den lauffeuern erzählte man sich: ein prediger hätte gesprochen (ziemlich außer haus): die welt wär einem kinderbergwerk ähnlich und würde baldigst verunglücken auf grund der dauernd dämlichen streiche: dies sei seiner rede entnommen worden *und also wären kindisch wesen tatsächlich voll tauber bosheit da sie durch rüde sünden entstünden aus reiner geilheit kröchen und kreischten im hochwohlgeschorenen schädelbasisgehäuse von kopfgeburten des oberhauptes ganz abgesehen lausige flausen geziefert in buddelkästen und auf brunnengründen so wies der hügelhocker einst hätte gekündet auf und zurück ins urtümliche gekräuse so die botschaft aus vaters muttermund der wut verflucht tribut zu zollen also die nervenkrisen quengelnder eitelkeit allzeit savonarolanistisch den flammen übereignen und später nach feuertaufe oder -probe selbst überbacken werden ›welsh rarebits‹ wohl bekomms und süße träume dem wir im magen liegen:* ungläubig richtungslos das zähe ende ein wenig angegangen in der oase unterm ersten späten schnee (...)

(die fratze als flora)

– das entstellte gesicht der gezüchteten zukunftsvorstellung in den hinterzimmern der städtischen rühreierwerke/ der fatale genuß von geschichte/ das prähistorische gefräß im hochleistungsherzen der melkmaschinerie/ sowie meine fassade als summe aus diesen. die landschaft (mein unterteil) gibt sich gelassen. die wütende vegetation beschränkt sich auf die obere hälfte wie schädeldach wangen und kiefer wuchert einem vexierbild ähnlich einem alten stich inmitten eine klassische vergewaltigungsszene nicht deutlich doch meisterhaft ausgeführt umgeben von wald – ›wo ist der retter‹. weiter unten die wüste nicht nur zwischen den zehen: alles tätige teuflische täuschung. die tatsache daß nix passiert steuert von fern das geschehen: auf dem monitor sich drängende leute in anständiger kleidung vor holzfarbenen podien bis weit in den morgen mit entspannend konzertanter musik unterlegt. die gesetze sind einfach: entweder du hast was zum tauschen auf tasche oder das größere messer und einsam kämpfen ist einzig allemal.

die unverbindlichkeit als eine art von wachstum (showfreaks bevölkern den gegenstand)...

...auf weiteres hoffen die häscher...

(zivilisierter traum: *im westen nichts* u.s.w.)

...am zunehmend undeutlicher werdenden stadtrand: inmitten veralteter stromschienenreste und richtungen von ungutem grün umwuchert: ein flaches gebäude merkwürdig clean. mein blickwinkel innen. die räume eine kreuzung aus bilderloser nobelgalerie und einstökkigem familienhaus in modernster fertigbauweise. ich liege auf einer matte aus kunststoff. das material kämpft mit meinem rückgrat einer lähmung ähnlich. das große fenster links gibt den blick frei auf einen garten dessen üppiges chaos seine krankheit verrät. meinem gesicht gegenüber ein durchgang in den nächsten raum türlos. rechts in die wand gebaut eine schalttafel: leuchtende anzeigen und knöpfe auf eine verchromte platte montiert. im moment ihres anblicks weiß ich daß durch sie die sicherung des gebäudes (alarmanlagen falltüren etcetera) programmiert und gesteuert wird. so ist es möglich per knopfdruck den durchgang zu verschließen mit einer art unsichtbarem schutzschild einem kraftfeld daß den eindringenden nach und nach amputiert... während die wände staubfrei sind und weiß ist der boden von einer öligen flüssigkeit bedeckt und aufgefüllt mit büchsenförmigen gefäßen saugfähigem zeitungspapier essensresten fast schon zersetzten körperteilen und anderem nicht mehr zu identifizierenden unrat. ein objektiv tastet gleichmäßig den boden ab beziehungsweise das langsam einheitlicher werdende sumpfgebiet das der boden ist. ein bildschirm über dem durchgang sendet die jeweils leicht variierenden camerafahrten. rechts neben der kunststoffmatte knietief im schlamm stehen verschiedene personen die mir bekannt erscheinen von flüchtigen begegnungen in einem bankhaus zum beispiel während der einweihung einer gemeinnützigen stiftung. ich spreche mit ihnen aber sie verhalten sich unfähig die umgebung zu beachten. ihren gesichtern und gesten entnehme ich daß sie im dienst sind... nach dem erwachen unterwegs vom schlafplatz zu einer nicht genau benannten verrichtung fand ich neben dem eingang zur stadtbahn eine erste leergeschossene hülse: der nahende herbst auf deinen schultern ein geschmolzener plastikumschlag kaum noch zu unterscheiden von der haut.

(anderer einstieg – enttreten)

mit einem harten dünnen mädchen nächtens kurz vor anbruch durch stark bebautes gelände gaststuben und proletarische punkkeller gänzlich dicht die laue lähmung inhaliert und die verlängerung der körperteile zungenlösend hängt dampf in allen gassen sie spricht von einem alten abgang im krach von einer heimwehwut zu einem ort an dem von denen die sie suchen würde keiner an ihren rückweg denkt sie spricht gelassen ein holzwurm der frißt was er behaust ein fremder körper der von sich selber lebt ein raubbau mein kopf schwebt neben ihr an ihm hängt hals und schwanz über der schlucht wenn ich dich lieben würde tät ichs weil deine härte ein gewächs ist im dämmerwind dahinter scheinen die kummergründe in den fahlen augen der schmalen aufgerauhten haut das bier klebt einig wir solpern strom ab madonna ich weiß daß was ich tu den zeitvertreib verklärt und also dich *eine motte im déjà vu* auf dem plateau einer *weiträumigen freundschaft* mit mir ne weile kürzend aus schwimmenden pupillen seh ich mich mit dir reden sturzbenommen dich gegen andre auszutauschen wie es die bauanleitung vorschreibt ist jedes gegenüber beidseitig wechselbar: das alte lied verstummt und eine frau als landschaft tritt auf samt unterleib: der gipfellose berg am schluß: ... wär was mich prägte in unserem vergessen zu verstecken könnt mir das angedrehte weltbild halbwegs gewürzt bekömmlich sein: frau traum suspekt ist was da kränkelt (knistert): die kiste kotzt die schon erwähnten streifen: kein wort das fault: begriffe nur gemäß der vorschrift mit ihrer asche den himmel zu verdunkeln: blutleere utopisten: ein dasein als bestandteil wortschraubend und versehrt...

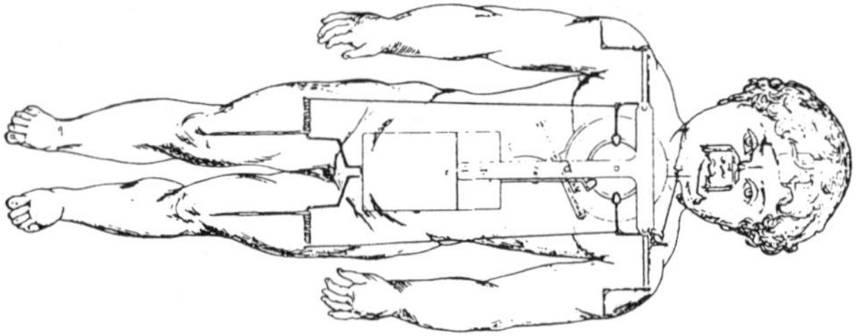

(der wütende flaneur ohne den luxus einer anderen möglichkeit verziffert den wuchernden weg weiter zum wiederholten male vorwärts voran.)

-fortsetzung: die mich nach dem hinsehen verfolgenden sonnenflecken. die wirklichkeit sich eh nicht mit meiner vorstellung deckend -hospitalismus und reisefieber im randland: weltmacht für zwischenmenschen: die lockstofffalle einer rasierten scham.

kaum ohne raum doch unter extremem fangzwang war er damit beschäftigt unterwegs, wohnend sich darin einzurichten eines angestrebten unwohlbefindens wegen und herrlich heimatlos:

jeder verkörpert seine idee die ein teil ist von deiner sehnsucht - besser wenn du die larven nicht kennst - so kannst du sein was sie darstellen in dir

altwien afrikanisches gras

ich: mickriges monument: inmitten einer häßlich heißen damenrunde von rap hart untertrieben ist krank zu sein des nicht vorhandenen themas krankheit. der klassische krampf bevorzugt gesellschaftsformen wie flächenbrand oder die auswüchse lokaler backkunst. wir hatten das doch immer wieder ähnlich: es wird uns weiterhaben da wir darüber redend uns darin verrichten – zieh und vergiß es... nicht – der film ist allemal reeller als mein lebenslauf: ich möcht mich nicht drin leiden sehn: recht rötlich angeschlagen auf einer verlassnen abendlichen vorortstraße: und dann die fee faucht was von liebe. ist es nicht so: was wärs denn wert sich dessen öffentlich anzuklagen. doch nein die miezen müssen maskeraden basteln und schleier machen wie stahlbeton denkt jede: hauchdünn: dahinter gähnt der abgrund zum beispiel einer eh historisch kranken stadt: und ich desgleichen gähne vermummt den linken zipfel zwischen zwei fingern die andere hand weiter unten: und dein fremdes geräusch zwischen mistkerl und prinz: so überholt sich die szene. ist das abbild das schwein da es zeigt wie das aussieht oder bin ich es der so tut als wär trieb was da zählt. all diese hart empfindlichen gören: den heulkrampf zum frühstück wie weißbrot: ausrastungsgierig in der glitzernden starre: sehnsuchtstransplantationen (...und ich halt mich gütlich am fremden stoff)... eigentlich wollte ich komiker werden.

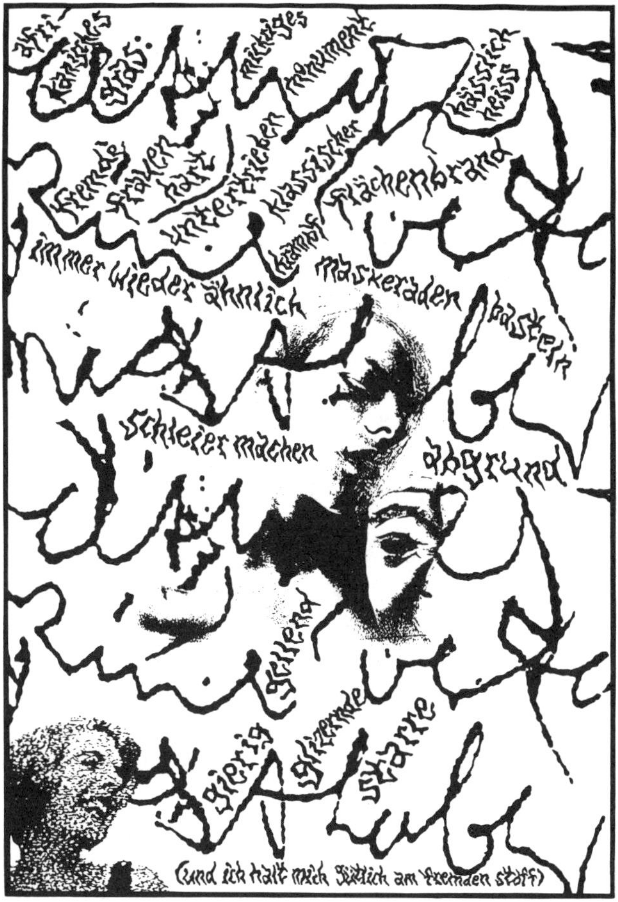
afrikanisches gras:
mickriges monument
hässlich heiss
fremde frauen hart
untertrieben klassischer
kampf flächenbrand
immer wieder ähnlich
maskeraden
basteln
schleier machen
abgrund
gellend
gierig glitzernde starre
(und ich halt mich gütlich am fremden stoff)

theatercafé

kotztrunkig durch die weltstätten turnen rauhreif die zweite pubertät das maul zum horizont gefaltet und innen irrwitze reißen über feiste geister die gegend prägen leutselig leiden in ausgebrannten gesellschaften hocken rauch formen und gloriolen geifern hinter wandschirmen unwesend auf breitgetretenen ideengebilden gekrümmt im hintertreffen vom nötig notstandsnebligtrüben caféhauslicht und zahnschmerz eingehüllt geborgen im autoanalysefieber – *als ich noch klein war zog vater die decke weg und schaute gestempelt bin ich auf lebenszeit ein wenig räudig und ohne hilfe ganz vorzüglich abzuschreiben* – gewürm allseits verkrochen gleichseitige gegenkandidaten tischgenossen mackend und makelnd in der handelsüblichen perfektion schöngeistige weibsbilder in begleitung schwanztragenden stumpfsinns aus meiner sicht affentheater langweilig infizierend genug um zu ahnen daß sichs so lebt. ich kam sah und alles war wie sie es gesagt hatten: der kleckernde ventilator – die konfektfarbige plastikverkleidung – aufgerissene sitzgelegenheiten auf denen ein zuhälter platz nahm – bekotete wachstücher voll kindischer kandinskykopien – frau maria die sängerin stinkalt dient kundig und stopfte die jukebox mit kohle – die musik eine mischung aus schlager und aufgerauhtem vinyl – ein lachkrampf im klopuff – such ich nen drehort oder was valentina. die leute laut weisung verkörpern symbolische

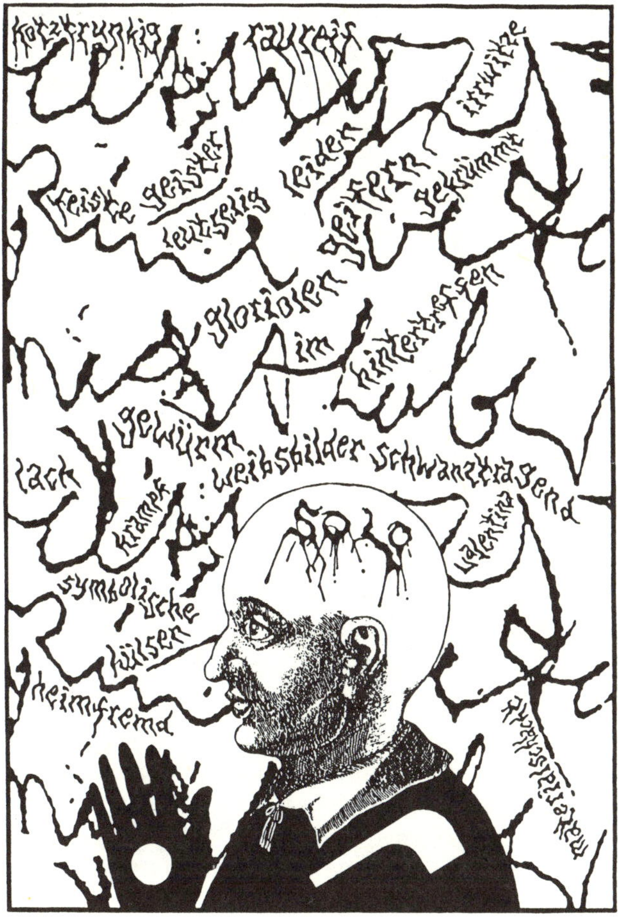
kotzkrunkig
raureif
irrwitze
feiste geister
leutselig
leiden
geifern
gekrümmt
gloriolen
im
hintertreffen
gewürm
lack
weibsbilder schwanztragend
krampf
valentina
solo
symbolische
hülsen
heimfremd
makrelenkack

hülsen. nimm es als materialschlacht: der nötige grund für mein tottun: da ist etwas faul in den schimmelkulturen: ich sehs deinem face an besonders den aufgedunsenen lippen prinzesschen am wasser gebaut: dein tränenpalast ein aquädukt für die folgende eiszeit...

landschaft mit gipfeln zum beispiel tirol

nun: silence wäre von nöten denkt er sich eingekästelt durch die hübsche gegend zu schunkeln im kindheitsträchtigen abendlicht hinter florverhangenen gebirgsmassivitäten endlich einen hoch- oder ruhestand auszumachen. doch pustekuchen: wie an allen trocknen flecken herrscht barmend drama vor in form dieser aussichtslos herrlichen landschaft die das gefühl für entfernungen äfft dem fluchtpunkt als sehhilfe kontert mit abgrund: was mir klein kommt entpuppt sich: eine kompanie aus kolossen. was mir nah ist gerät ins vergessen. je größer der abstand desto größer bergan die erschöpfung. das wandernde wesen eine optische täuschung der gegend die antrat den starrkrampf der bewohner zu korrigieren dahingehend daß die sich als vollkommen unmöglich bezeichnen gegenüber dem hochland das heißt dem gewimmel der gipfel. weit unten ein dünner fleuchender lärm in den ansammlungen minimalistischer gebäude vorgebend städte sein zu wollen hilflos geschäftig angesichts der träg tragischen berge. so murks ich mich beständig aufwärts in die karge oberwelt: erinnerung zerkloppt gehölz dem steinschlag ähnlich. regnerisch herbstbelichtet heißt blickkontakt eh immer abgrund: rücksicht die dieser landschaft unterkommt: befremdliche absicht einer fremden gegend: in gegenwart des herrschaftssüchtigen gebirges kippt mir der steppenhafte missioniertrieb weg und landet zwischen galanter

skepsis und arroganter seelenpflege. was tiefer rumspült ist so wie so wohl als massiv unfassbar zu begreifen…
(…der vage entschluß das eigene nicht zu verlieren also möglicherweise gemeinsame sache zu machen mit dieser oder einer ähnlichen gegend: er würde fortfahren auf dem in seinem richtungssinn eingetragenen weg das gewesene aufsuchen im rückblick und feststellen daß man ihm ein leben zu bequem gemacht hatte mit jener fragwürdigen geschichte.)

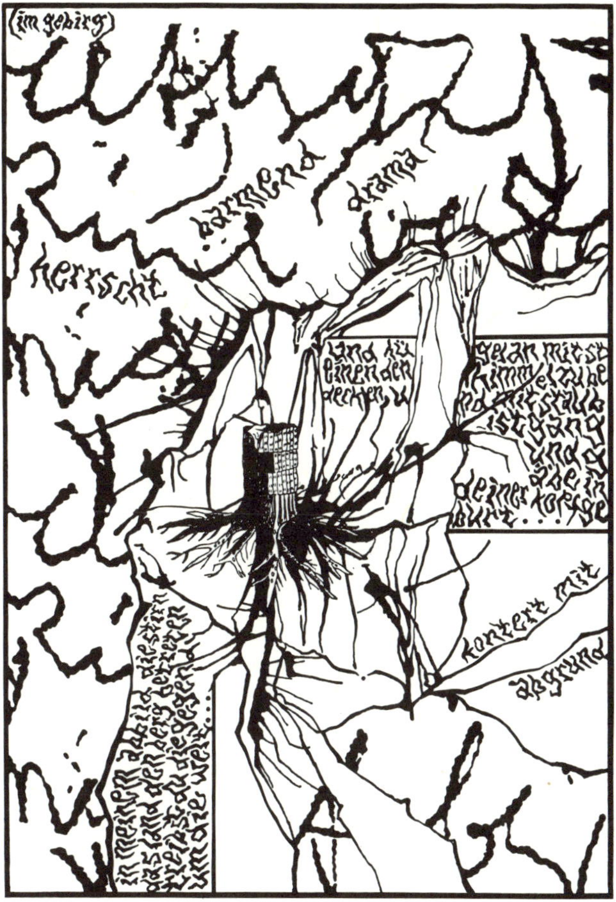
(im gebirg)
barmend
drama
herrscht
konzert mit
abgrund
in meinem abbild die stirn
das land den berg betreten
um die welt...

nachtstück miserable zofe attraktion amsterdam

tante doll dein drama mit tausend schalen und schnallen: die damen vor schraubstock und bohrer entzückt: spagatsüchtig rotlichtbesessene sodomisten benutzend: katzenjammer vorm kellerkonzil: die essiggesichter in der pause zwischen zwei nummern ein kurzer begriff unter frauen ein blick auf die jeweils gehalfterte schönheit ein fingerzeig den sitz der korsage betreffend und ab in die phantasie voll dreckiger freudenfetzen und straflager: reinziehn ausstoßen und schon kommt die scherzschmerzkolik ins fließen das gute geschäft mit den heimlichen wünschen die geschnürte madame von spitzzüngigen zofen gescheuert schreihälse sich die mäuler einseifend mit schlagschaum schlachtfeld und -häuser zum ausleben günstig gelegen winzige weltplätze überfüllt von trödlern und fixern die mit ahnungsarmut den käuflichen schauplatz beleben hoffend auf einen geilen fight im gedränge der sadomasotouristen...

(mariannes traum) sechs mal habe ich sie getötet: als sie schlief und genüßlich träumte von einer folter vielleicht habe ich ihren körper in den fluß geworfen. vom industrieufer kamen einige lichter über das wasser: ich habe sie geschnürt verhungern lassen in einer imbißstube mit selbstbedienung: ich habe sie auf der drehscheibe einer peepshow in den tod gestreichelt: erwürgt habe ich sie als sie zu mir kam einer exotischen nummer wegen:

nachtstück
tausend schalen
tausend schnallen
miserable zofe
rotlichtbesessen
spagatsüchtig
gehalfterte schönheit
straflager
freuden fetzen
spitzzüngig
winzige weltplätze
trödler und fixer
schamschaden
(mariannes traum:) amsterdam

dem verkommenen hafengelände gegenüber in einer großraumbar habe ich sie vergiftet mit diesem cocktail dessen namen ich mir nicht merken kann: erstochen habe ich sie hinterrücks und mit einem prähistorischen werkzeug am rande eines schwarzen ackers auf dem wir nach lebenden kulturen gesucht hatten. herbst. ein feuchter nebel erschwerte das atmen. einige große vögel schwammen darin herum aufgeschreckt durch den schrei der einem lachkrampf glich... sie liegt auf dem bett schlafend und sterblich ein letztes mal: ein gegenüber dessen anwesenheit das vergessen auslöscht wie eine flüchtige phantasie von gewalt amsterdam im september

lost in london

(überfahrt:) ... und splitter noch einmal der gebrochene blick mit nachtlichtern blendet die fabel klafft der zusammenhang wuchert ein füllstoff fahl auf der fähre ein kleiner manischer tänzer im kunstgeblümten glashaus sich eine welt reintoben wird er wohl wollen denk ich ablenkung ist allgemein für jeden erschwinglich Sie reisen in einem großraum eine anlage sorgt für Ihr befinden später nach schankschluß seh ich ihn an deck in den armen einer beliebigen mutter mit schaum vor den augen ein traurig schauriges kind das in den kanal spuckt auf eine welle die ein schritt sein könnte so ein trugbild mit richtung einsame gegenden zur nachtzeit die dich verschaukeln mit dem aktuellen gedröhn und gesöff in der landesüblichen währung wirst du müde sein dich setzen wollen um es dir besser gehen zu lassen etwas mit eis trinken ...

(victoria station:) wie ich da hindurch fuhr in einem deutlichen zustand von vagnis abwesend die anwesenheit einer fremden sprache zu bemerken den typischen wunsch formulierte etwas anderes sein zu wollen als ich war und werde im fremdgehege der gegenwart: das mußte ja kommen: durch grob gehügelte nebelflächen voll victorianischer kleincastelle gehöftreste und rummelplätze unter einem aufgerauhten dickzungigen morgendämmer: ein land fern wie gesundheit mit untergang beschäftigt durch die im tempo verschwindende entfernung. die beschreibung einer romantischen gegend: eine übergangslösung mich darin einzurichten während bewegung die gegebenheit ausmacht alles greifbar vor augen zu halten wie es die art der bildungsreise verlangt: (...): dann die vorstadt – ihr langsamer einmarsch – zunehmende gleislabyrinthe von backsteingängen gesäumt – dahinter hin und wieder wohnplätze und müllbezirke – räudige hunde in schwarz versteht sich die eine alte puppe verzehren – ein arm dort ein beinharter kindskopf daneben: Sie kennen das: Sie kennen sich aus in der welt: wer Ihnen da etwas vormacht der ahnt nicht wie nachhaltig Ihre folgende mißachtung seiner ihn weltfremd beeinflussen wird: ›sowie eine stadt in einen hineinkommt hält mans nicht aus‹: das sagten Sie doch neulich im club vor geladenen weltgeistern Ihren ausgeprägten überdruß am globetrotten mit nachdruck und vor einem gut genährten kreis zu demonstrieren... jedoch zurück zur einfahrt: was mich da anrührt heißt metropole: husten und staubgeschwader fluchtversetzt ein überreiztes rumhantieren von kofferträgern rauchverbietern dealern in überbussen und untergründigem verkehr. restliches leuchtgeschreibe durch destbesetzte glasfassade der station: ein flammendes inferno ganz wie im echten film ein schauerspiel und ›london burning‹ als ansichtskarte im ständer neben hotelvermittlung getränkeautomat und feuermelder: die fremde arrangiert sich und ihre einzelteile in dem maß wies meine vorgeprägte meinung zuläßt: Sie kennen das: punkt aus: weltangst und überraschungsgier in einem von amokläufern angeschossnen bus: vollkommen hergestellte bilder bevölkern die unvollkommne stadt von der ich vor-

wiederkunft am hellen tag

her weiß was ich im nachhinein in ihr erlebt zu haben meine...

(jenkins hotel:) sich zu quälen mit einem aufenthalt in den dichtbesiedelten orten der welt obwohl man nach hochländern hungert oder ein gegenüber durch nachtgänge mit fremden frauen auf die palme zu bringen zu hoffen nur so ein lebenszeichen bei sich oder der andern zu provozieren und sei es ein tritt in die eier. (————) ein transistorgerät rauscht hinter der cremefarbenen wand: zurück auf dem kleinsten einsamen nenner ein raum zunächst als bleibe verwendbar. gekräuselte haare im becken: die scham einer älteren dame von weit. urin der nach sauerkraut duftet. frauen von der straße die wie prediger kreischen. die gesichter: fassaden mit tradition. in ein rosa handtuch gehülltes geziefer. der blick in die höfe. die höfe flach aneinander. sendern ähnlich. daneben eine verlassene tankstelle. rostige zapfsäulen ihres gebrauchswertes enthoben. gekonnte kulissen... an einem x-beliebigen tag der insekten. die kamen aus dem sudan und über nevada. bis in die europäische metropole. anfang oktober. synthetisch mutierte wesen. frostresistent und anspruchslos bei der wahl ihrer speise. aus südlicher richtung fielen sie ein und begannen die repräsentationsbauten zu verzehren. staub zu staub. was blieb waren die zapfsäulen. zwei rostige nester voller getier. traum: das vage bild unzähliger langsam an nordischer kälte sterbender insekten (heuschrecken?): der wunsch nach dem anderen ende. im stiegenhaus unter einem verstaubten gewächs eine wimmernde lady: von zeitzeugen angefressen hatte sie das licht nicht gefunden die stufe verfehlt: einer dieser fälle in denen das eigene leben noch einmal vorbei-

zum selben ort zum selben gesicht
JENKINS' HOTEL

saust: ein rasendes schmunzelndes bildband: ein oft für die selbstzerfleischung benutztes motiv: breit mit dem gesicht im kissen. ein zimmer das an katholische kindheit erinnert: der falsche pfarrer war allgemein. lavendel und rosenblätter in einer metallschale auf dem scheinkamin vor der elektrischen heizung. ein ruhetod unter hektik. ein verschollener garten hinter dem regenroten hotel:

trun-
ken geschifft
zwischen scheinwerfer und bildwelt
von
wasserlassenden bäumen bewohnt
verliert sich was ich
sah
im seitab bekundeten schweigen
ein landstrich
voll-
kommen unsicher und vorsintflutlich verkeimt
frucht-
barer schlamm
feuchtes gewürm um die hüften
der ge-
ruch von giftigem schlaf
der dich sättigt vorerst
...gül-
tige wesen die seuche streuen in den seitenstraßen von soho zum beispiel hinter den büschen im green park hokken krank vor gelassenheit unter großflächigen fenstern rauchend auf ein eigenes lebenszeichen zu hoffen: selbstbesessen ist ihre anwesenheit unsichtbar: zukunft: die chance einer freßsucht im jetzt. dampf aus den lüftungs-

zum selben soh amüsierten schrei
WHO IS TO
BE OBEYED

schächten der tunnelsysteme: ein säurebad das die stadt auslöscht von unten. wir besichtigen gern was da krepiert. wir lieben Ihre probleme und lassen uns trotz allem überdruß ein gut gebautes spannendes erlebnis etwas kosten...

(old kent road:) der veitstanz der klischees

eine

show in den ärmeren vierteln

einsamkeit die in der obdachlosen stadt herumfährt sich ihrer opfer zu entledigen

müllhaldendroge im straßenverkauf

ungepflegte geschäfte voller kultgerät für feiertage: peitschen pistolen panzerabwehrraketen

schöne frauen und männer die venen geleert die häuser: durchsichtige staubgefäße mit feuerleitern: was sich mir bietet kommentiert sich von selbst: fade gekünstelte schreiber die dem nicht trauen was sie da anfleht vor lauter sturz den abgrund vermißt: ach eigensüchtig steht es sich in den dingen mit bösem spaß. und doch ist es für gewöhnlich normal in diesem ort herumzugehen beruhigt zu sein und umgangen zu werden so man von der gegend bemerkt wird als jemand der abwesend ist umgeben von erloschenen lebensbejahenden wesen.

die möglichkeit sich in anderen zu materialisieren verschwindet hinter den tatsachen

gegenseitigewut gegenüber

ein standpunkt der zu beziehen wäre

-zwischenstopp: ... die abwesenheit fand statt um das gefühl einer rückkehr kennenzulernen: die vorstellung an einem in der entfernung liegenden tag einzutreffen am ausgangspunkt der sich (beschaffen wie er war) im wesentlichen kaum unterschied von den anderen orten höchstens durch die tatsache daß der zurückgekehrte daselbst zu hausen gewohnt war ihn also nicht als welt betrachten durfte da man ihm beigebracht hatte. daß welt außerhalb stattfand. jedoch auf der suche nach einer gegend die außerhalb hieß war er nur auf ähnlichkeiten mit seiner behausung gestoßen: so war der rückweg ein fortsatz von stillstand den kein bewegungszwang zu beseitigen im stande war -der ständig scheiternde versuch einer reise:

bin ich: so steht es hinter der stirn

dem leben auf die kehle zu treten entdeckt die straße im tod einen sinnlichen inhalt und kalkuliert ihn als ereignis

eine frau in erwartung ihres mörders vor sich ein kleines leeres glas ein fremdkörper mit saugnapf: ich: innen und lustlos rücksichtsvoll in dieser kalten vollgestellten wohnung: kunstblumen tinnef und rotgraues bettzeug am boden – die fenster verklemmt – die küche: der rest einer seeschlacht – ein letzter klammer morgen unter dem alten mantel – eine mischung aus hippie- und punknostalgie in den schwarzen blöcken hinter der hauptstraße – nachtbild von einem mädchen das blut spuckt – eine salve musik aus dem rußigen untergeschoß – die blauen bilder der informationsmagazine: schrumpfköpfe schmiergelder und straßenschlachten: die ähnlichkeit der verschiedenen orte ist im abfall zu finden. hier also endet europa wundgelegen und faul. es könnte eine andere stadt sein in der ich gegen mittag erwache vom geräusch eines fliehenden fahrzeugs und versuche der wiederkehr zu begegnen auf einem leeren weg zwischen schrottplatz und waschanlage die rechte hand ein paar zentimeter über dem gürtel...

freistück

ausgleichende geschlechtlichkeit für jedwedes wesen wäre zu wünschen übrig in jenem sich freimachenden stillos der bewohnbaren behausungen: kahlflüchtig türwindschlagend pfeifts auf flachdächern in löcher und löhnende spalten: verlassene betonquader vom nordwind betrogen: ein deformierter gürtel der die stadt plagt: eine bevölkerung die darauf verzichtet mir zu begegnen. vor den aufgängen bekotete sandkuhlen löchrige teetöpfe hilflos bestohlene fahrzeuge – randgebiet: weiter nichts als die wasserzerrende sonne: ihre erscheinung während sie abtritt... du wirst es aufgeben dich umzusehen: du wirst dich niederlassen auf einer kante großäugig die schlafende situation bestarren und das gewese wird wiederkommen am äußersten ende sein gegenüber nicht zu begreifen nicht anzufassen nach sendeschluß in gedanken an ein günstiges erlebnis einen lebensabend damit herumzubringen auf diesem blassen kontinent: rastlos untätig und zynisch larmoyant – die perfekte antwort gelächter. gemeinsam und ängstlich das gefallen aneinander zu verlieren vor lauter geschäftslärm liegen wir in der allgemein übertölpelten ruhe: der stillstand ergeht sich im bandenkrieg der gesellschaft die das gähnen nicht los wird. im nebenraum leichte musik: das kind quäkt was von schlachtdampf im nacken. die hehre kunst glotzt gelassen: sie kümmerts kaum: was passiert passiert nicht mit aussicht: ein zielloses knäul taktlos und ohne sinn für die kriegskunst. nur wer biologisch löst was da krawall schlägt der hebe den ersten stein: der keim ist vertraut die tobsucht ein ergebnis des gettos: in jedem kinderzimmer die gleiche barbarei und nur ein kamm die kämpfer zu scheren im gegenlicht brennender kraftwagen ähnelt wer sich begeifert mit heulgas und brandsatz dem jeweils verhassten. geile gewalt gegen beliebige gegner gängelt die gegend das soziale loch zu stopfen mit zukunft die den moment frißt und langweilt mit haltlosem fortschritt. machthabers selbsthaß ist machtmöchters selbstsucht herrlich in fett oder sperrmüll: das falsche gezücht in den nahkampfdielen und regierungspalais im großraum der mit freifahrten einfängt wer gehorsam kadaver verstümmelt durch die gegebene meinung für jeden genügsam gestaltet: wem zerstreuung gelingt der ist mächtig nicht wer sich stark fühlt. die freiheit als grundpest für unten: entweder einverklang konsequent oder her mit marie und ab ins vergessen: durchschaubar funktioniert unterdrückung am besten: leistungswillige aufsteiger mit weißen socken was sonst schnaufen gegen trunksüchtige aussteiger und vermummungsverfechter... die staatsmacht in gestalt einer splitterbombe tritt auf als mildtätiger ritter verkleidet schreitet die faulende front ab und schlichtet den gezüchteten streit durch kopfgelder und steuerklassen: jedem das seine im demokratiedunst zutreten und aufklatschen das eigene freistück daß sich wer will aus der grundordnung schneidet...

in meiner wechselnden landschaft (einem sumpfgebiet/ einer randstadt mit zu mir hin auslaufenden straßen/ einem friedhof im zentrum) triumphierten die alten gebilde: kraftakt gegen notwehr und zurück: wozu tierversuche es gibt doch passanten: ohnmacht verhallte im geviert der verrußten gebäude unter einem fußtritt auf der bahnhofstoilette: was sich staat nannte verkümmerte üppig und differenzierungsarm im racherausch an den unteren schichten. ein aufmarsch von schlagwerkzeugen sperrte die zufahrtswege. die szenerie kam mir bekannt vor: noch wurden die heldenstädte gefeiert und schon knüppelten andere wieder: so sind sie wohl alle: totalitär und fatalistisch. ich ging hinaus die reste der neusten schlacht zu betrachten: in den straßen hing beißender nebel. die gesichter der hoffnungsträger auf den plakaten waren heruntergerissen. die gemeinwohl geboten glaubten produzierten sich von neuem reflexionsunfähig und unter waffen. hubschrauber kreisten über dem alltag. sirenen. scheinwerfer suchten das land ab: das niedermachen des volkes fürs volk: es war wohl wie früher: november und alles in ordnung: das schale gefühl eines sensationsverstopften hohlraums in der bewohnten behausung: die hoffnungsträger etabliert oder begraben auf einem schneefeld von pappeln gesäumt (hier endet der text in dem moment da die mannschaftswagen ein letztes mal diese nacht das fenster passieren)... ich ging zurück in die garage und der krieg begann die gähnende langeweile:

...unzählige anfänge
waren hingemacht hatten
sich ausgewachsen zu
einem einzigen fort-
laufenden text dem
ich nach hing bis das
augenlicht abließ von
meinen hölen

und doch würde
es sicher wohl oder
übel weiter gehen dies
eine mal noch und
später mehr wie wir
sehen konnten im
folgenden

zitatreste/ berührungen:

bonne de luxembourg
friedrich hölderlin
erich mielke
paul neary
ulrike meinhof
gene d' angelo
horst wessel
durs grünbein
sabine jansen
tomas kranich
heinrich himmler
ingeborg bachmann
else gabriel
bernward vesper
friedrich schiller
hans magnus enzensberger
christian döring
christine dulitz
editumetto
charles manson
august stramm
rolf dieter brinkmann
novalis
the sex pistols
johannes r. becher
girolamo savonarola
matthias baader holst

detlef opitz
winsor mc cay
andrej tarkowskij
silke…
jean-baptiste joly
allen ginsberg
friederike mayröcker
ute zscharnt
david lynch
patti smith
karl marx
tina bepperling
julius cäsar
robert fludd
stephan hermlin
robert crumb
joseph beuys
eric stanton
sylvia plath
the clash
pierre christin
anna seghers
moritz fiebig
walter benjamin
frank lanzendörfer
oskar wilde
james graham ballard

april-dezember 90

edition suhrkamp
Eine Auswahl

316/1/6.90

edition suhrkamp
Eine Auswahl

Braun, V.: Verheerende Folgen mangelnden Anscheins innerbetrieblicher Demokratie. es 1473
Brecht: Der aufhaltsame Aufstieg des Arturo Ui. es 144
– Aufstieg und Fall der Stadt Mahagonny. es 21
– Ausgewählte Gedichte. es 86
– Baal. es 170
– Buckower Elegien. es 1397
– Die Dreigroschenoper. es 229
– Furcht und Elend des Dritten Reiches. es 392
– Gesammelte Gedichte. Bd. 1-4. es 835-838
– Die Geschäfte des Herrn Julius Caesar. es 332
– Die Gesichte der Simone Machard. es 369
– Die Gewehre der Frau Carrar. es 219
– Der gute Mensch von Sezuan. es 73
– Die heilige Johanna der Schlachthöfe. es 113
– Herr Puntila und sein Knecht Matti. es 105
– Im Dickicht der Städte. es 246
– Der kaukasische Kreidekreis. es 31
– Leben des Galilei. es 1
– Leben Eduards des Zweiten von England. es 245
– Mann ist Mann. es 259
– Die Mutter. es 200
– Mutter Courage und ihre Kinder. es 49
– Der Ozeanflug. Die Horatier und die Kuratier. Die Maßnahme. es 222
– Prosa. Bd. 1-4. es 182-185
– Schweyk im zweiten Weltkrieg. es 132
– Die Tage der Commune. es 169
– Trommeln in der Nacht. es 490
– Der Tui-Roman. es 603
– Über den Beruf des Schauspielers. es 384
– Über Lyrik. es 70
– Über Politik auf dem Theater. es 465
– Über Politik und Kunst. es 442
– Über Realismus. es 485
– Das Verhör des Lukullus. es 740
Brunkhorst: Der Intellektuelle im Land der Mandarine. es 1403
Bubner: Ästhetische Erfahrung. es 1564
Buch: Der Herbst des großen Kommunikators. es 1344
– Waldspaziergang. es 1412
Bürger, P.: Theorie der Avantgarde. es 727
Celan: Ausgewählte Gedichte. Zwei Reden. es 262
Cortázar: Letzte Runde. es 1140
– Das Observatorium. es 1527
– Reise um den Tag in 80 Welten. es 1045
Denken, das an der Zeit ist. es 1406
Derrida: Die Stimme und das Phänomen. es 945
Determinanten der westdeutschen Restauration 1945-1949. es 575
Dinescu: Exil im Pfefferkorn. es 1589
Ditlevsen: Sucht. es 1009

316/2/6.90

edition suhrkamp
Eine Auswahl

Ditlevsen: Wilhelms Zimmer. es 1076
Doi: Amae – Freiheit in Geborgenheit. es 1128
Dröge / Krämer-Badoni: Die Kneipe. es 1380
Dubiel: Was ist Neokonservatismus? es 1313
Duerr: Traumzeit. es 1345
Duras: Eden Cinéma. es 1443
– La Musica Zwei. es 1408
– Sommer 1980. es 1205
– Vera Baxter oder Die Atlantikstrände. es 1389
Eco: Zeichen. es 895
Eich: Botschaften des Regens. es 48
Elias: Humana conditio. es 1384
Norbert Elias über sich selbst. es 1590
Enzensberger: Blindenschrift. es 217
– Einzelheiten I. es 63
– Einzelheiten II. es 87
– Die Furie des Verschwindens. es 1066
– Landessprache. es 304
– Palaver. es 696
– Das Verhör von Habana. es 553
Esser: Gewerkschaften in der Krise. es 1131
Faszination der Gewalt. es 1141
Feminismus. Inspektion der Herrenkultur. es 1192
Feyerabend: Erkenntnis für freie Menschen. es 1011
– Wissenschaft als Kunst. es 1231
Fortschritte der Naturzerstörung. es 1489
Foucault: Psychologie und Geisteskrankheit. es 272
Frank: Gott im Exil. es 1506
Frank, M.: Der kommende Gott. es 1142
– Motive der Moderne. es 1456
– Die Unhintergehbarkeit von Individualität. es 1377
– Was ist Neostrukturalismus? es 1203
Frevert: Frauen- Geschichte. NHB. es 1284
Frisch: Biedermann und die Brandstifter. es 41
– Die Chinesische Mauer. es 65
– Don Juan oder Die Liebe zur Geometrie. es 4
– Frühe Stücke. es 154
– Graf Öderland. es 32
Gerhard: Verhältnisse und Verhinderungen. es 933
Geyer: Deutsche Rüstungspolitik 1860-1980. NHB. es 1246
Goetz: Krieg/Hirn. es 1320
Goffman: Asyle. es 678
– Geschlecht und Werbung. es 1085
Gorz: Der Verräter. es 988
Gstrein: Einer. es 1483
Habermas: Eine Art Schadensabwicklung. es 1453
– Legitimationsprobleme im Spätkapitalismus. es 623
– Die nachholende Revolution. es 1663
– Die Neue Unübersichtlichkeit. es 1321
– Technik und Wissenschaft als Ideologie. es 287
– Theorie des kommunikativen Handelns. es 1502
Hänny: Zürich, Anfang September. es 1079

316/3/6.90

edition suhrkamp
Eine Auswahl

316/4/6.90

edition suhrkamp
Eine Auswahl

Kroetz: Nicht Fisch nicht Fleisch. Verfassungsfeinde. Jumbo-Track. es 1094
– Oberösterreich. Dolomitenstadt Lienz. Maria Magdalena. Münchner Kindl. es 707
– Stallerhof. Geisterbahn. Lieber Fritz. Wunschkonzert. es 586
Krolow: Ausgewählte Gedichte. es 24
Laederach: Fahles Ende kleiner Begierden. es 1075
– Der zweite Sinn. es 1455
Lehnert: Sozialdemokratie zwischen Protestbewegung und Regierungspartei 1848-1983. NHB. es 1248
Lem: Dialoge. es 1013
Lenz, H.: Leben und Schreiben. es 1425
Leroi-Gourhan: Die Religionen der Vorgeschichte. es 1073
Leutenegger: Lebewohl, Gute Reise. es 1001
– Das verlorene Monument. es 1315
Lévi-Strauss: Das Ende des Totemismus. es 128
– Mythos und Bedeutung. es 1027
Die Listen der Mode. es 1338
Löwenthal: Mitmachen wollte ich nie. es 1014
Lohn: Liebe. es 1225
Lukács: Gelebtes Denken. es 1088
Maeffert: Bruchstellen. es 1387
Marcus: Umkehrung der Moral. es 903
Marcuse: Ideen zu einer kritischen Theorie der Gesellschaft. es 300
– Konterrevolution und Revolte. es 591
– Kultur und Gesellschaft 1. es 101
– Kultur und Gesellschaft 2. es 135
– Versuch über die Befreiung. es 329
Maruyama: Denken in Japan. es 1398
Mattenklott: Blindgänger. es 1343
Mayer: Anmerkungen zu Brecht. es 143
– Gelebte Literatur. es 1427
– Versuche über die Oper. es 1050
Mayröcker: Magische Blätter. es 1202
– Magische Blätter II. es 1421
McKeown: Die Bedeutung der Medizin. es 1109
Meckel: Von den Luftgeschäften der Poesie. es 1578
Medienmacht im Nord-Süd-Konflikt: Die neue Internationale Informationsordnung. Friedensanalysen Bd. 18. es 1166
Meier, Chr.: Die Ohnmacht des allmächtigen Dictators Caesar. es 1038
Menninghaus: Paul Celan. es 1026
Menzel / Senghaas: Europas Entwicklung und die Dritte Welt. es 1393
Miłosz: Zeichen im Dunkel. es 995
Mitscherlich: Freiheit und Unfreiheit in der Krankheit. es 505

316/5/6.90

edition suhrkamp
Eine Auswahl

316/6/6.90

316/7/6.90

edition suhrkamp
Eine Auswahl

Weiss, P.: Die Ästhetik des Widerstands. es 1501
– Die Besiegten. es 1324
– Fluchtpunkt. es 125
– Das Gespräch der drei Gehenden. es 7
– Der neue Prozeß. es 1215
– Notizbücher 1960-1971. es 1135
– Notizbücher 1971-1980. es 1067
– Rapporte. es 276
– Rapporte 2. es 444
– Der Schatten des Körpers des Kutschers. es 53
– Stücke I. es 833
– Stücke II. 2 Bde. es 910
– Verfolgung ... Marat/Sade. es 68
Sinclair (P. Weiss): Der Fremde. es 1007
Peter Weiss im Gespräch. es 1303
Die Wiederkehr des Körpers. es 1132
Wippermann: Europäischer Faschismus im Vergleich 1922-1982. NHB. es 1245
Wirz: Sklaverei und kapitalistisches Weltsystem. NHB. es 1256
Wissenschaft im Dritten Reich. es 1306
Wittgenstein: Tractatus logico-philosophicus. es 12
Wünsche: Der Volksschullehrer Ludwig Wittgenstein. es 1299
Ziviler Ungehorsam im Rechtsstaat. es 1214

316/8/6.90